Disney

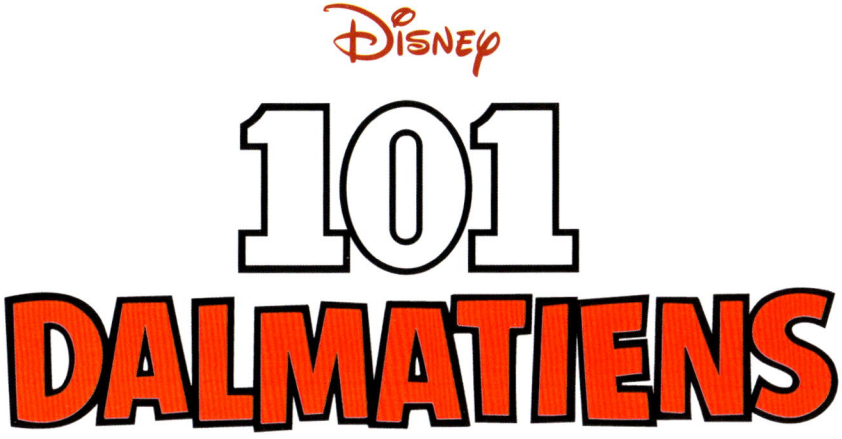

101 DALMATIENS

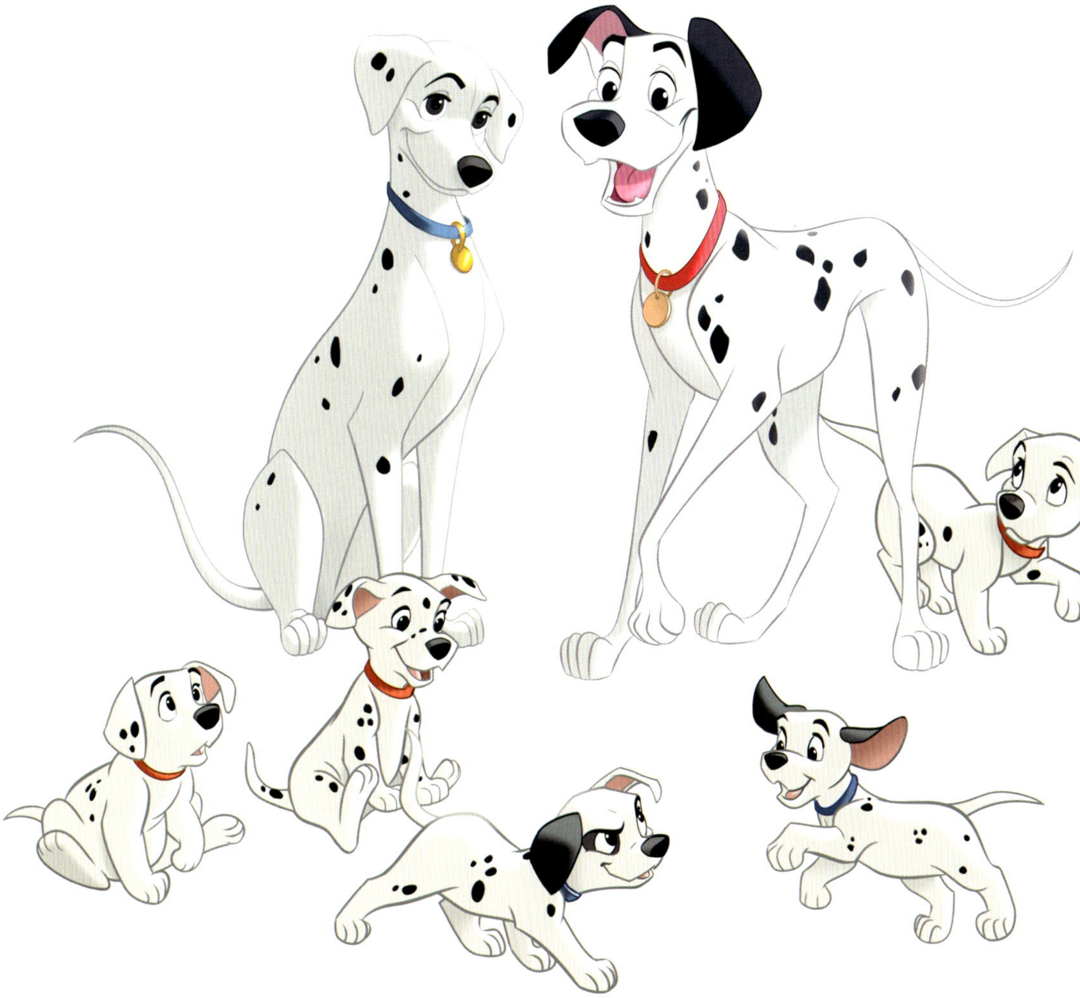

hachette
JEUNESSE

Pongo pousse un gros soupir et regarde encore une fois par la fenêtre. Le temps est radieux. À Londres, ce n'est pas si courant ! Le dalmatien tourne la tête vers son maître. Roger travaille dur à la composition d'une musique. Depuis plusieurs heures, il répète les mêmes notes.

Soudain, c'est comme une apparition !
Les yeux agrandis d'admiration, Pongo voit passer
sur le trottoir une splendide dalmatienne au port
de reine et son éblouissante maîtresse qui
se dirigent vers le parc.

Une idée naît dans son esprit.
Il pousse discrètement
les aiguilles de la pendule
avec son museau et tend
sa laisse à son maître.
– Tu as raison, Pongo,
c'est l'heure de la promenade,
allons-y !

Il n'y a pas une minute à perdre. Le dalmatien parcourt toutes les allées du parc à la recherche des deux dames. Elles sont tranquillement installées à l'ombre d'un arbre. Pongo passe et repasse, suivi de Roger, un peu distrait.
– Ces deux individus sont louches…, remarque la jeune femme.

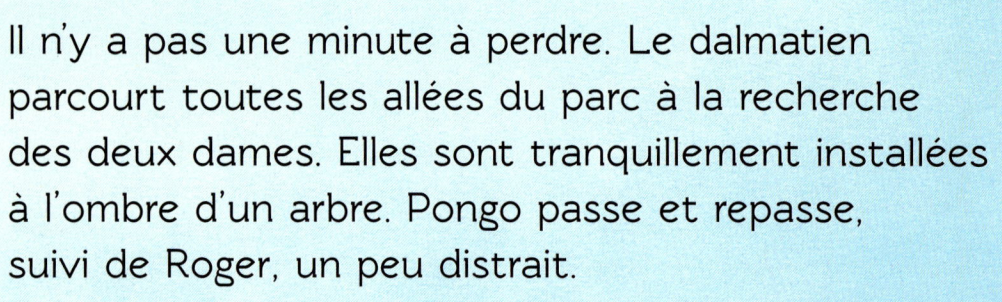

Pongo décide de passer à l'action : il attrape le chapeau
de son maître et le dépose aux pieds de la belle dame.
La dalmatienne, qui commence à comprendre son manège,
fait semblant de ne rien voir. La jeune femme lève les yeux
de son livre :
– Voyons, que m'apportes-tu là ?

Roger accourt vers la jeune femme qui s'avance pour lui rendre son chapeau. Pour donner à la rencontre un tour inattendu qui devrait arranger ses affaires, Pongo entortille sa laisse autour des jambes du couple qui bascule dans la mare.

– Pardonnez-moi, je suis absolument navré ! s'excuse Roger en aidant galamment la jeune femme à se relever.

Perdita et Anita, les deux inconnues du parc,
sont tombées sous le charme de Pongo et de Roger.
Après en avoir discuté ensemble, elles acceptent
la double proposition de leurs nouveaux amis :
un soir, à la lueur des bougies, les deux couples
se promettent amour et fidélité...

– C'est l'heure du thé, mes chéris !
Dans leur nouvelle maison, les deux dalmatiens
sont dorlotés par Nanny, l'adorable nounou
et excellente cuisinière.
– Pongo, j'ai une nouvelle à t'annoncer : tu vas
être papa, murmure Perdita à son oreille.
– Chérie, je n'ai jamais été aussi heureux !

Ding ! Dong !
– Quelle barbe ! s'exclame Roger. C'est encore
Cruella… Je monte travailler !
– Roger, c'est une amie d'enfance, je ne peux pas
la laisser à la porte, répond Anita d'un ton désolé.
Cruella d'Enfer pénètre alors dans la maison.

– Je suis enchantée de te voir, très chère ! Ton artiste
de mari s'est encore caché ? Oh ! s'écrie-t-elle en apercevant
une photo, les adorables petites bêtes. Toujours pas l'ombre
d'un chiot ? Quel dommage…
Ses doigts gantés de pourpre tapotent son fume-cigarette,
et elle repart dans un nuage de fumée.

C'est le grand jour ! Dans la cuisine, Roger est aussi nerveux que Pongo. Ils entendent Nanny compter les chiots au fur et à mesure de leur naissance.

Treize, quatorze, quinze petites boules de poils !

Pongo est fier de sa nombreuse progéniture, même s'il est un peu dépassé par les événements !

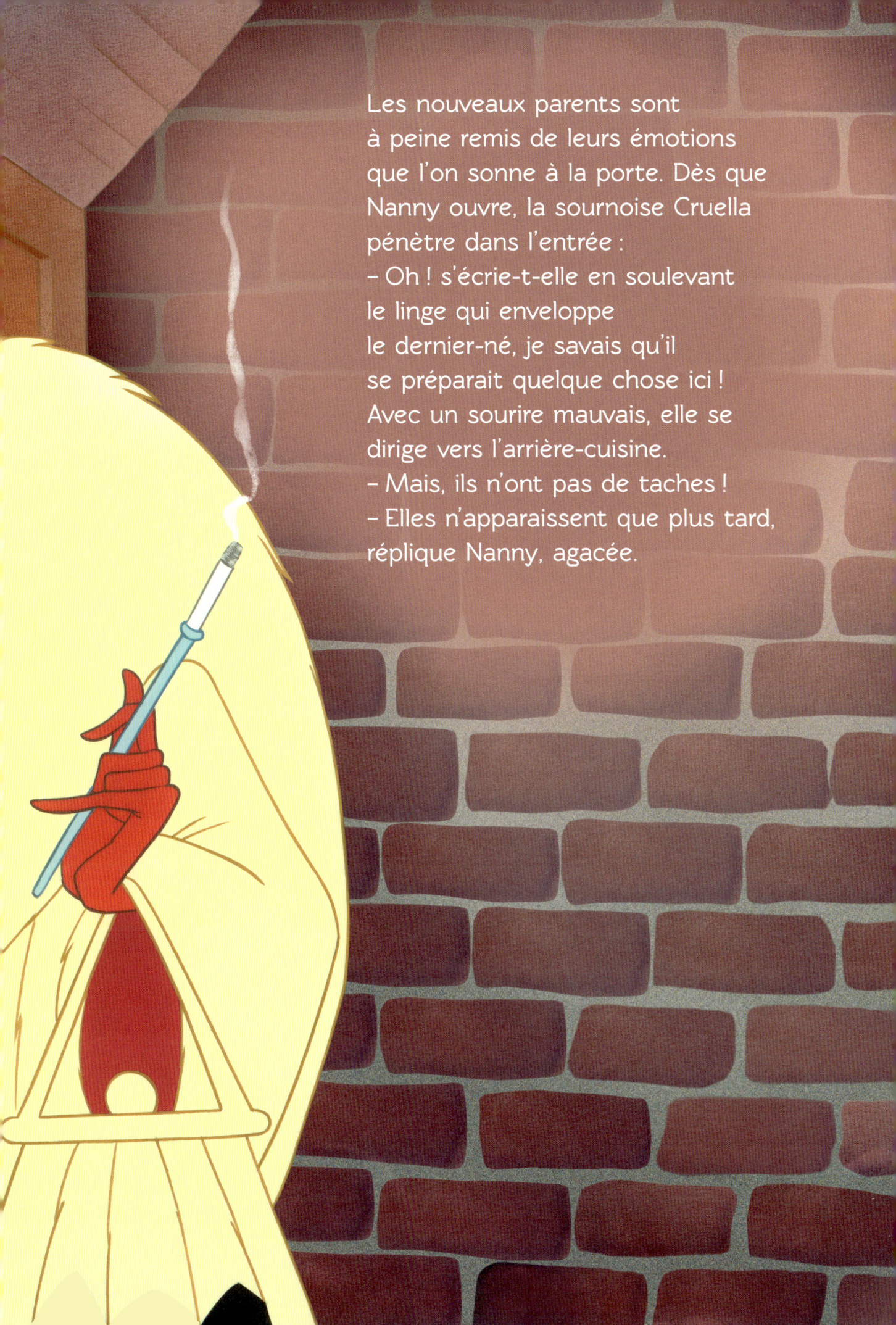

Les nouveaux parents sont
à peine remis de leurs émotions
que l'on sonne à la porte. Dès que
Nanny ouvre, la sournoise Cruella
pénètre dans l'entrée :
– Oh ! s'écrie-t-elle en soulevant
le linge qui enveloppe
le dernier-né, je savais qu'il
se préparait quelque chose ici !
Avec un sourire mauvais, elle se
dirige vers l'arrière-cuisine.
– Mais, ils n'ont pas de taches !
– Elles n'apparaissent que plus tard,
réplique Nanny, agacée.

– Je les achète tous ! hurle-t-elle en tendant
son chéquier.
Elle se retrouve nez à nez avec Roger.
– Cruella d'Enfer, sortez immédiatement
de cette maison ! Ces chiots ne sont pas
à vendre, dit-il, furieux.
Tremblante de colère, Cruella agite son stylo
d'un air menaçant et soudain, l'encre noire jaillit
sur Roger et Pongo. Jugeant qu'il vaut mieux
ne pas insister, la furie sort en ruminant
sa vengeance.

Les petits grandissent vite. Le soir, toute la famille
regarde le feuilleton préféré des chiots : *Le chien Ouragan*.
– Allez, les enfants, il est l'heure d'aller au lit ! annonce
Perdita en câlinant ses chiots.
Pendant que Nanny veille sur la précieuse progéniture,
Anita, Roger, Pongo, et Perdita sortent se promener.

Les chiots se sont endormis.
Le calme est soudain troublé
par un coup de sonnette. Inquiète,
Nanny entrouvre la porte d'entrée.
– Bonjour, m'dame ! On vient
vérifier le compteur d'électricité,
déclare un petit homme chauve
du nom d'Horace.
– Mais nous n'avons aucun
problème ! répond Nanny,
suspicieuse.

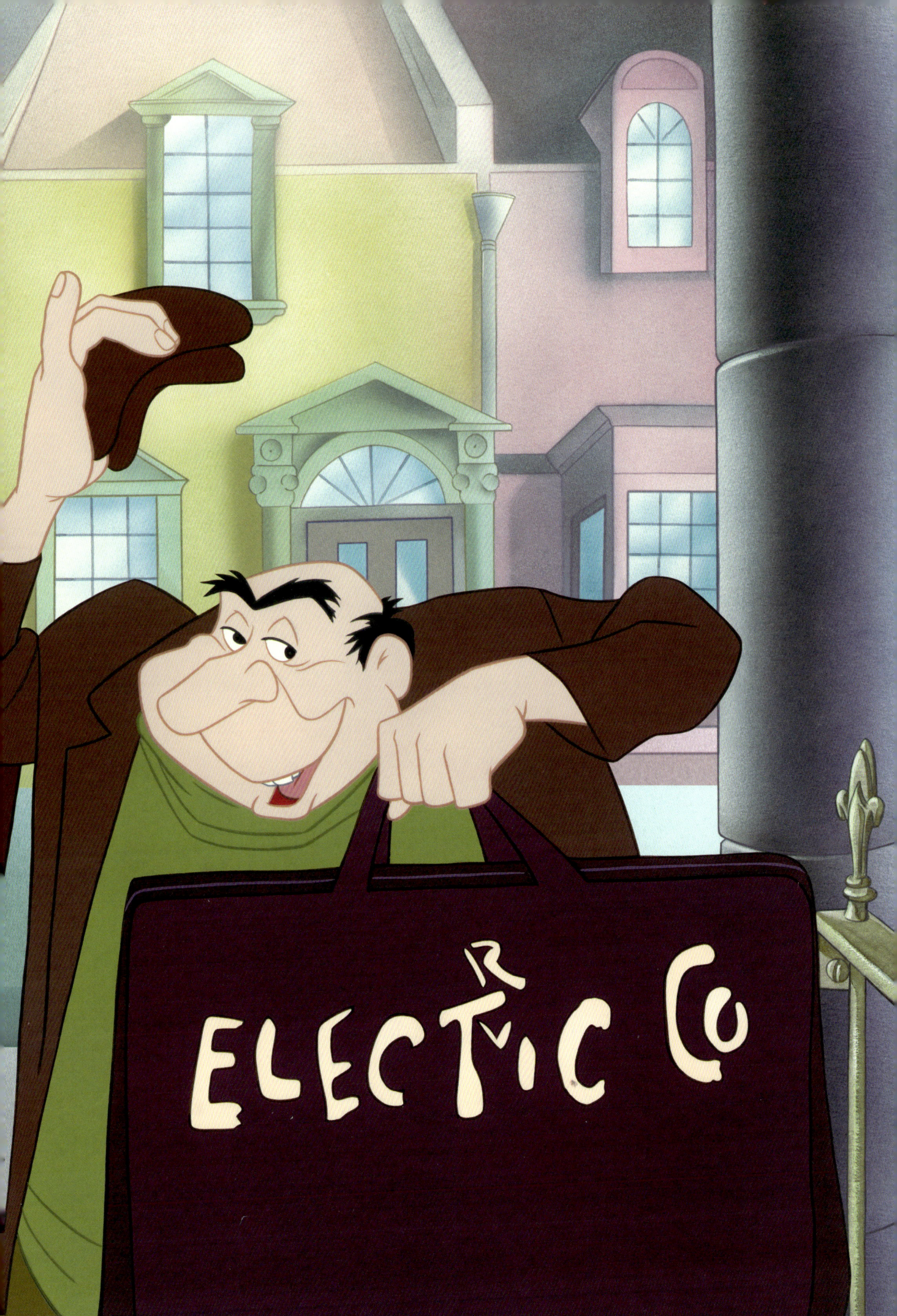

– Allez, ôte-toi de là, grand-mère,
et laisse-nous faire notre boulot,
marmonne le grand maigre, Gaspard.
Nanny essaie de les retenir mais elle
se retrouve enfermée dans le grenier.
Quand elle parvient à se libérer, la tranquillité
est revenue dans la maison. Mais ce qu'elle
découvre lui arrache un cri d'horreur.

– Les chiots ! Les chiots ont disparu !
bredouille-t-elle, paniquée, en se penchant
sur le panier.
Le lendemain, dans son lit, Cruella
d'Enfer lit les journaux avec un rictus
de satisfaction.
– Quinze chiots kidnappés ! Ah ! Ah !
Je vais avoir mon manteau en peau
de dalmatien.
Pour une fois, mes deux abrutis
ont été efficaces.

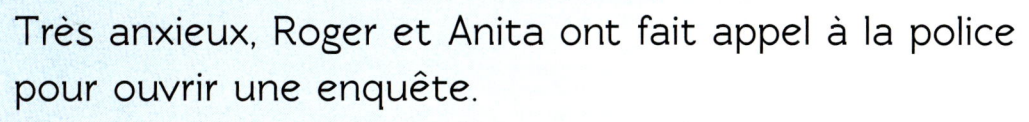

Très anxieux, Roger et Anita ont fait appel à la police
pour ouvrir une enquête.
La promenade du soir n'a plus le même attrait : Pongo
et Perdita savent qu'en rentrant, ils ne retrouveront
pas leurs chers petits endormis. Ils en profitent toutefois
pour flairer une éventuelle piste et lancer un S.O.S.
à tous les chiens de la région.

Tout Londres retentit bientôt
des aboiements énergiques
des chiens mobilisés pour
la circonstance.
Les maîtres ne comprennent
rien à ce déchaînement,
mais le message est transmis
de quartier en quartier,
puis de Londres aux villages
environnants.

– Un S.O.S. ! Quinze petits dalmatiens kidnappés hier soir.
Prévenir Pongo et Perdita, décrypte le vieux chien de ferme.
Vite, allons voir le Colonel !
Installés à côté du Capitaine, le Colonel et le sergent Tibs
reçoivent à leur tour le message. Ils trouvent immédiatement
une piste : le château d'Enfer…

Le château d'Enfer élève ses tours lugubres dans la nuit glacée. Le Colonel et le sergent Tibs cherchent un plan pour pénétrer à l'intérieur. Ils franchissent la grille entrouverte.
– Après vous, sergent Tibs, propose le Colonel, vous êtes plus souple que moi, je vous attends dehors.

Tibs se faufile par une fenêtre cassée
et évalue d'un coup d'œil la situation.
Surveillés par deux ivrognes, les chiots
sont agglutinés devant la télévision.
– Tiens, observe Tibs, stupéfait,
je croyais qu'ils étaient quinze.
Mais ils sont au moins une centaine !
– Dis donc, Gaspard, ce n'est pas toi
qui as chipé mon jambon ? demande
Horace en ouvrant son sandwich,
tandis qu'un des chiots avale
un dernier bout de couenne.

Par l'intermédiaire de Danois, le Colonel a fait parvenir
un message à Pongo et Perdita.
– Ils sont sur une piste sérieuse au château d'Enfer,
vous pouvez y aller, les prévient Danois.
Conscients du danger, les deux dalmatiens ne perdent
pas un instant et s'élancent dans la nuit.

Pendant ce temps, au château, Cruella vocifère :
– Secouez-vous, bande d'idiots, je veux mon manteau
tout de suite ! Débrouillez-vous pour récupérer les peaux
de ces bestioles. Je n'attendrai pas une minute de plus,
débarrassez-moi de ces chiens !
Les poings serrés de colère, elle quitte la pièce en agitant
sa pelisse.

Tibs profite de cet instant d'inattention pour faire passer les chiots un à un par une brèche dans le mur. Juste à ce moment, Gaspard et Horace se retournent et aperçoivent le dernier chiot qui s'échappe. Les deux bandits se ruent à la poursuite des dalmatiens.

Horace s'est muni d'un gourdin, Gaspard
d'un tisonnier et d'une torche. Ils descendent
lourdement l'escalier. Tibs a caché les chiots
sous les marches. Il retient son souffle.
Le moindre mouvement peut être fatal. Hélas !
Un des chiots ne peut retenir un éternuement.
– Ils sont là ! s'écrie Gaspard.

Depuis Londres, Pongo et Perdita
n'ont pas arrêté de courir. À bout
de souffle, ils retrouvent le Colonel
devant les grilles du château d'Enfer.
– Tibs est avec eux, les informe
ce dernier, mais il a certainement
besoin de renfort. Dépêchez-vous !
Les deux dalmatiens lui laissent
à peine le temps de finir sa phrase.
Ils parcourent les quelques mètres
qui les séparent du château
et enfoncent la porte.

Ils pénètrent dans la grande pièce, les babines retroussées.
Devant le feu, Gaspard agite méchamment son tisonnier.
– D'où sortent-ils, ces deux-là ? Tout doux, mes cocos !
marmonne-t-il en fronçant les sourcils.

Pongo se jette sur lui et arrache
ses bretelles tandis que Perdita,
en tirant sur un tapis, fait basculer
Horace dans la cheminée.
Les hurlements des deux bandits
effraient les chiots qui se bousculent
vers la sortie.

Guidés par le Colonel, les petits
ont gagné l'écurie du Capitaine.
Ils sont vite rejoints par leurs parents.
– Oh ! mes chéris, tout le monde
est là ? s'inquiète encore Perdita.
Mais qu'allons-nous faire
de vos nouveaux amis ?
– Pour le moment, ils sont sous
notre protection, répond Pongo
avec un regard bienveillant.

De leur côté, Gaspard et Horace n'ont pas dit leur dernier mot. Le Colonel monte la garde pour les empêcher d'entrer dans l'écurie.

– Dégage, gros tas de poils ! crie Gaspard, hargneux.

- Capitaine, à toi de jouer ! lance le Colonel.
Sous les yeux admiratifs du sergent Tibs,
le cheval, d'une ruade, envoie Horace
et Gaspard dans le mur de l'écurie.
Les deux compères s'écroulent.
- Formidable ! s'écrie Tibs, ils en ont
pour un moment. Filons d'ici !

Mais Gaspard et Horace ne s'en tiennent
pas là. Ils prennent en chasse les dalmatiens
à bord d'un vieux camion. Dissimulée sous
un pont, la troupe attend que le camion
s'éloigne et poursuit sa route. Les petits
chiens sont épuisés et affamés, Pongo
et Perdita, découragés.
Ils croisent enfin Collie, un ami du Colonel...

Collie guide
les dalmatiens
jusqu'à une étable.
– Les adorables bouts
de chou ! s'écrie une vache,
ils ont l'air épuisés.
Regardez-moi ces petites
frimousses abattues…
– Les filles, je crois que j'ai
une idée, répond une autre.
Venez vous mettre au chaud,
mes chéris, vous devez avoir faim.

– Qui veut du bon lait ? Ne vous bousculez pas, il y en aura
pour tout le monde ! préviennent les vaches en riant.
Le lait chaud coule et réconforte les petits qui tombent
de sommeil.
Tout à coup, le ronflement d'un moteur se fait entendre.

Pas question de s'endormir. Les dalmatiens sortent
de l'étable à toute allure. Pongo et Perdita encouragent
leurs petits.

– Nous y sommes presque, courez encore, le village
n'est plus très loin ! affirme Pongo, en prenant garde
de n'oublier personne en chemin.

Pendant ce temps, Cruella d'Enfer a rejoint
ses deux acolytes.
– Non, mais je rêve ! fulmine-t-elle. Bande de minables,
retrouvez-moi ces chiens ou c'est avec la peau
de votre derrière que je me fais un manteau !

Au village, les dalmatiens
s'apprêtent à grimper
dans un camion
de déménagement
qui doit les ramener
à Londres. Pongo
et Perdita font le guet
à la fenêtre.
– Cruella ! s'exclame
Pongo. Elle a retrouvé
notre trace.
Comment traverser
la rue sans être repérés ?
En regardant le labrador
qui les a aidés à trouver
le déménageur, Pongo
a une idée…

– Les enfants, roulez-vous dans la suie.
Nous allons nous déguiser en labradors !
En une minute, les 101 dalmatiens se transforment
en 101 labradors au poil noir. Pongo et Perdita
regroupent leurs petits pour les faire sortir
incognito. La consigne est de rester calme
pour ne pas se faire remarquer.

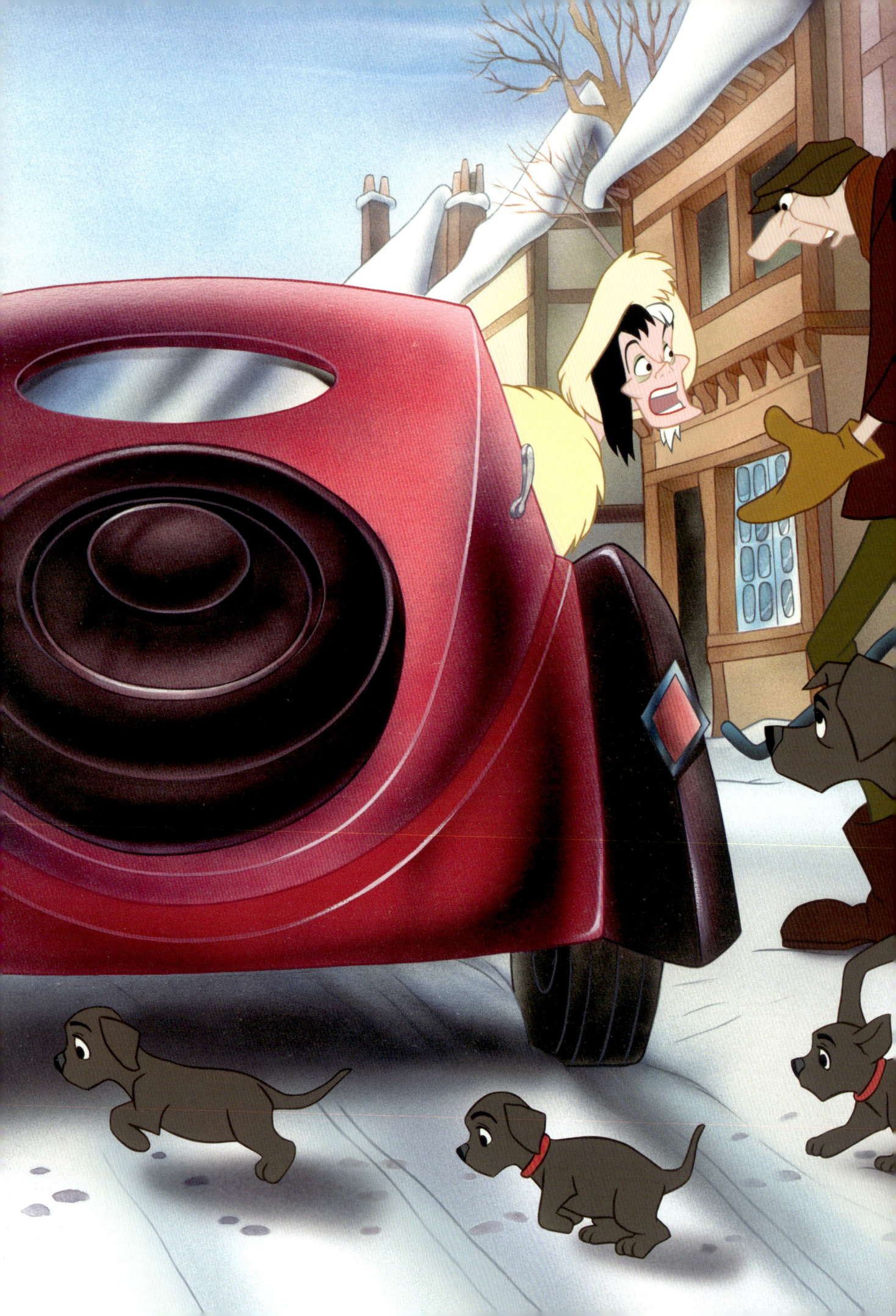

Pongo fait discrètement passer les chiots
derrière la voiture de Cruella qui les observe
avec une moue de dégoût :
– Ouh ! qu'ils sont laids. Je déteste
les labradors.
Son regard se pose alors sur Horace
et Gaspard, et elle pousse des hurlements :
– Vous êtes encore là ?
Remuez-vous, et que ça saute !

À ce moment-là, la neige tombe d'un toit
sur l'un des chiots et découvre son pelage
tacheté. Justement, Cruella vient de se pencher
à sa portière pour assister au défilé.
Je comprends tout maintenant ! Ah ! Ah ! mes mignons,
vous êtes à moi !
Et elle appelle ses deux complices.

Le camion de déménagement s'est engagé sur une route
à flanc de coteau. Derrière lui, Cruella conduit comme
une furie en enfonçant la pédale d'accélération.
Le camion fait une embardée pour éviter le coupé.
Furieuse, la mégère prend une route parallèle pour le doubler.
La camionnette de Gaspard et de Horace arrive à ce moment
et ne peut éviter l'accident. Cruella s'arrache les cheveux.

Dans la grande maison de Londres, Roger et Anita sont,
eux aussi, couverts de suie ! Ils ont serré un à un
les dalmatiens contre leur cœur.
101 dalmatiens, ça prend du temps ! Perdita est rassurée
et Pongo, fier d'avoir ramené les petits chez eux…

Chez eux ? Bien sûr,
Roger, Anita et Nanny
ont tout de suite
adopté les 84 orphelins
du château d'Enfer.
– Allez, allez, tout le monde
passe au plumeau, déclare
Nanny, dont le tablier est
parsemé de petites taches noires.
Tout est bien qui finit bien,
je suis drôlement contente
de vous voir ici si nombreux !

Dans la joie des retrouvailles, Roger se met
au piano. La pendule indique cinq heures,
c'est bientôt l'heure de la promenade.
Heureusement, nos amis préfèrent se reposer...
Il faudra, par la suite, songer à faire sortir
101 dalmatiens d'un coup !

RETROUVEZ TOUS LES TITRES DE LA COLLECTION

© 2019 Disney Enterprises, Inc. Tous droits réservés.
D'après *The Hundred and One Dalmatians* de Dodie Smith, publié par The Viking Press.

Mise en page : SKGD-Création

Édité par Hachette Livre – 58 rue Jean Bleuzen, 92178 Vanves – Imprimé par Industria Grafica Cayfosa en Espagne – Achevé d'imprimer : avril 2019
ISBN : 978-2-01-705473-3 – Édition : 02 – Dépôt légal : mai 2018 – Loi n°49-956 du 16 juillet 1949 sur les publications destinées à la jeunesse.

Pour tout renseignement concernant nos parutions, nous contacter par téléphone au 01 43 92 38 88 ou par e-mail : disney@hachette-livre.fr

Pour l'éditeur, le principe est d'utiliser des papiers composés de fibres naturelles, renouvelables, recyclables et fabriquées à partir de bois issus de forêts qui adoptent un système d'aménagement durable. En outre, l'éditeur attend de ses fournisseurs de papier qu'ils s'inscrivent dans une démarche de certification environnementale reconnue.